QUELQUES
POÉSIES,

PAR J.-P. CAPELLE, DE CHALABRE,

Étudiant en Droit.

A TOULOUSE,

De l'Imprimerie de MARIE-JOSEPH DALLES, rue
St.-Rome, n.° 5.

SE TROUVE,

CHEZ LES MARCHANDS DE NOUVEAUTÉS.

1818.

QUELQUES POÉSIES.

L'ESPÉRANCE.

QUELLE vierge descend de la voûte azurée ?
Une gaze la couvre, un myrte est dans sa main,
Son air noble et touchant, sa démarche assurée,
Le jais de ses cheveux, l'albâtre de son sein,
     Tout semble annoncer Cythérée,
     Des jeux, des plaisirs entourée,
Ou dans les bras de Mars surprise par Vulcain.
Un sourire, échappé de sa bouche mi-close,
     En relève le doux carmin :
     Dans ses yeux brille un feu divin :
Un timide incarnat sur tout son front repose.
     La foule errante des mortels,
     Par des guirlandes enchaînée,
Suit partout de ses pas la trace fortunée,
Ne cessant d'implorer ses regards maternels.
La déesse au guerrier promet cent ans de gloire,
Aux enfans d'Apollon le temple de mémoire ;
Des applaudissemens à quelques beaux esprits ;
Aux amans, l'art de plaire ; aux belles, la victoire ;
     Au laboureur, de fertiles épis ;
     Au gastronome, un pays de cocagne ;
     A tous, des châteaux en Espagne.

Elle a pour cortége les ris,
Et des songes légers, que Zéphire balance,
De sa robe ondoyante agitent les replis.
   A tous ces traits, qui ne voit l'Espérance?
     Eh ! quel cœur n'en est point épris ?
Qui n'a pas de ses dons savouré l'ambroisie ?
     Tant ses charmes ont de magie,
     Tant son empire a de douceur!
   Oui, des humains, l'Espérance est l'amie;
   Le pavillon du vaisseau de la vie
     Porte son chiffre et sa couleur.
J'aime à me rappeler la fable de Pandore :
     Sa boîte est l'emblême du cœur;
   Consolons-nous, quelque soit le malheur,
     L'Espérance nous reste encore.

HYMNE AU SOLEIL.

L'AURORE a de ses pleurs enrichi la nature ;
Les flambeaux de la nuit commencent à pâlir:
L'horizon lentement se colore et s'épure.
Parais, fils du matin ! revêts ta noble armure,
Et déroule en flots d'or, de pourpre et de saphir
     Ton ondoyante chevelure !
Tu viens.... J'entends déjà la terre tressaillir ;
Et le monde attentif se recueille en silence.
Je vois en traits de feux l'olympe s'entr'ouvrir,
Et tu nous éblouis de ta magnificence.

Quel charme répand ta présence !
Quelle riche couronne orne ton front vermeil !
Que tes regads sont doux ! Que ton cercle est immense !
Quel éclat dans ton appareil !
L'univers réjoui proclame ton réveil,
Et ton empire recommence.
Salut, astre du jour, dont le trône emflammé
Roule avec majesté dans un ciel sans nuages !
Salut, Dieu des bienfaits, Dieu, vainqueur des orages !
Entends les cris d'amour de l'univers charmé,
Entends la voix de nos hommages !
L'oiseau de ta louange entonne les concerts,
Le zéphir mollement balance dans les airs
Des parfums de nos prés la corbeille odorante :
Ton feu pénètre au sein des mers,
Et les fleurs que la terre enfante
Jonchent ta route triomphante.
L'homme des champs célèbre ton retour :
La tendre mère a consacré le jour,
Où de son jeune fils, l'espoir de la chaumière,
Ta flamme bienfaisante éclaira le berceau ;
Et le vieillard trouve un plaisir nouveau
A contempler l'éclat de ta lumière.
Ainsi, quand un roi bien aimé
A son peuple se montre et sourit de tendresse,
D'un long frémissement d'ivresse
Ce peuple l'entoure animé.

Comment a disparu cette vierge timide,
Cette blanche Vestale, au front mystérieux,

Qui , sur un char silencieux,
Compagne de la nuit, à ses ombres préside,
Et de rayons d'argent sème l'azur des cieux ?
    Qu'est devenu son cortége fidèle ,
      Ces feux rassemblés autour d'elle
      Et suspendus au firmament ?
      Ces feux n'ont brillé qu'un moment :
Ils n'ont pu soutenir un rayon de ta gloire ;
Un seul de tes regards t'assure la victoire :
Tu te montres, leur front rentre dans le néant.

    Que j'excuse aisément l'erreur de ces contrées,
Où, de ton culte saint observateur pieux,
Le peuple t'appelait le plus grand de ses dieux ;
Où les filles des rois, prêtresses révérées,
Aux pieds de tes autels soupiraient vers les cieux,
      Et de ton parvis radieux
Seules pouvaient baiser les parois consacrées !
Avec plus de clartés si la Religion
Ne se révéla point à leur ame ignorante,
      Si jamais leur bouche innocente
      Du vrai Dieu n'invoqua le nom ,
Ils adoraient du moins son visible rayon ,
      Dans ton image étincelante.

LES MERVEILLES DE LA CRÉATION
ANNONCENT L'INTELLIGENCE D'UN DIEU CRÉATEUR.

A proclamer un Dieu la nature conspire,
D'un être créateur tout annonce l'empire :
Lui-même il a partout, en sage souverain,
De ses puissantes lois gravé le sceau divin.
En tous lieux du Très-haut la majesté réside :
L'univers est un temple où sa gloire préside.
Quels signes éclatans nous montrent sa grandeur !
Sous le dôme des cieux quels rayons de splendeur !
Quel éclat solennel ! quelle magnificence !
Ce soleil dans l'espace en triomphe s'élance ;
Voyez-vous l'horizon à son aspect s'ouvrir,
Le ciel se déployer en zones de saphir,
L'aquilon s'arrêter, la terre obéissante
Admirer à l'envi la pompe éblouissante
De ce trône de feux, où brille armé d'éclairs
Cet immense rubis suspendu dans les airs ?
Eh ? quel autre qu'un Dieu, dans sa bonté profonde,
Eut jadis allumé ce grand flambeau du monde ?
Eut voulu que cet astre, en son rapide cours,
Arbitre des saisons, et des ans, et des jours,
Dispensât la lumière à toute la nature ?
Quel autre eut fait briller, durant la nuit obscure,
Cet astre bienfaiteur dont le disque argenté
Épanche mollement sa mobile clarté ;

Et ces globes flottans, que l'éclat environne,
De la reine des nuits immortelle couronne,
Plus nombreux que les flots poussés par l'océan?
Tous ces mondes sans fin devraient-ils au néant,
Au bizarre hasard, à l'épaisse matière
Leur égal mouvement, leur marche régulière?
Le néant! le hasard! la matière!.... vains mots!
Que l'impie enfanta, que rêvèrent les sots,
Que, dans ce siècle où l'homme évite la nature,
S'efforce à réveiller la tourbe d'Épicure.
Dieu seul a pu former ces orbes radieux;
Et, si nous contemplons l'immensité des cieux
Par ces tubes savans qu'inventa le génie,
D'un firmament nouveau la nouvelle harmonie
Déroulera soudain à nos yeux étonnés
Ses phases, ses accords, ses mondes ordonnés.
    Mais, non moins que les cieux, la terre encor révèle
D'un Dieu clément et bon la puissance éternelle.
Qui n'a pas au printems admiré les beautés,
Qu'étale la nature à nos yeux enchantés?
D'un gazon renaissant les vertes draperies,
La fuite des ruisseaux sur des rives fleuries,
Le silence des bois, et l'ombre des berceaux,
Et l'émail des vallons, et le vert des coteaux,
De sa robe d'hymen la terre revêtue,
D'un lointain vaste et beau la pompeuse étendue,
Cet amas de tableaux pleins de variété,
Tout élève le cœur vers la Divinité.
Voyez les doux trésors que l'été fait éclore;
Riche dans ses bienfaits, l'automne brille encore;

L'hiver même, l'hiver, couronné de frimats,
Ainsi que des rigueurs présente des appas.
L'athée à ces tableaux reste-t-il insensible ?

Interrogeons la mer : par quel bras invisible
Sa rage impétueuse expire sur ses bords?
Quelle main protectrice, arrêtant ses efforts,
Oppose à sa fureur ces barrières puissantes,
Resserre en leur prison ses vagues mugissantes,
Reprime son orgueil et brise son courroux?
Qui fait couler ainsi plus limpides, plus doux,
Le jet de la cascade et l'urne des fontaines,
Et la rivière lente au milieu de ces plaines,
Source heureuse. de vie et de fécondité?
Plus loin, du haut des monts, c'est un fleuve irrité,
Qui descend à grand bruit, écume, roule, tonne,
S'enfle, tombe, s'élève, et retombe, et bouillonne,
Et prolonge en grondant le fracas de ses flots
De rivage en rivage et d'échos en échos.

Qui créa ces parfums qu'au matin l'on respire,
Cette fraîcheur du soir, haleine de Zéphire,
Les nuages d'azur qui parsèment les airs,
Et la flamme céleste, ame de l'univers,
Rayon éthéréen, pure et subtile essence?

Lève tes yeux, me crie un sophiste en démence:
Regarde. Dans les airs la foudre en longs sillons,
Sur les aîles des vents vole, siffle, et des monts
Avec rapidité rasant l'amphithéâtre,
Sur un sommet couvert d'une lueur rougeâtre
Tombe, éclate, se brise : à cet ébranlement,
Le volcan fait entendre un long mugissement,

S'entr'ouvre, et de ses flancs une colonne ardente
Jette à travers la nuit une clarté sanglante.
Une mer enflammée approche à gros bouillons,
Entraîne dans son cours les trésors des vallons,
Et la rage des vents la pousse avec furie.
La plaine n'offre plus qu'un lugubre incendie,
Où l'œil épouvanté ne voit de toutes parts
Que de vastes débris confusément épars,
Des torrents sulfureux de lave et de bitume,
Des éclats de rochers que la foudre consume,
Et la poudre et la cendre entassée en monceaux.
Eh bien! au triste aspect de ces affreux tableaux,
Le sage entend la voix qui commande aux tempêtes,
Il reconnaît le bras qui veille sur nos têtes,
Et, le front prosterné, rempli d'un saint effroi,
Il adore en tremblant son auteur et son roi.
Mais l'impie, élevant un coupable murmure,
Accuse par ses cris l'auteur de la nature.
L'insensé ne voit pas que, si le Tout-puissant
N'avait creusé des monts le gouffre menaçant,
Le feu, sortant enfin de sa prison profonde,
Jusqu'en ses fondemens ébranlerait le monde,
Et bientôt, abîmé dans un désordre affreux,
L'univers tout entier croulerait dans les feux.
Ainsi dans ses desseins à Dieu rendons hommage
Et laissons murmurer l'insensé qui l'outrage.

Mais admirons encor ces chefs-d'œuvre nouveaux,
Dont Buffon crayonna les sublimes tableaux,
Qu'observa, que peignit, que chanta Lafontaine.
Voyez, au haut des monts, dans les bois, sur la plaine,

Dans l'abîme des eaux, dans le vague des airs,
Tous ces êtres vivants qui peuplent l'univers.
Quel mortel peut assez admirer ces merveilles?
Les états policés des castors, des abeilles,
Tout ce peuple d'oiseaux qui vont, loin des frimats,
Chercher l'heureux printems dans de plus doux climats,
Leurs tendresses, leurs mœurs, leur savant artifice
A bâtir de leurs nids le solide édifice,
Ces animaux cruels loin de l'homme exilés,
Ces êtres bienfaisans près de lui rassemblés,
De l'active fourmi l'industrie économe,
Ces taureaux, ces coursiers fiers esclaves de l'homme,
Ce docile animal, plein de fidélité,
Qui mieux que l'homme, hélas ! sait goûter l'amitié?
A tant d'objets frappants, qui ne sent dans son ame
Un transport inconnu qui l'étonne et l'enflamme,
Lui montre du hasard toute l'absurdité,
Et malgré lui l'élève à la divinité?
Tant sont grands ces tableaux ! tant ces œuvres sont belles!
  L'homme avec majesté paraît au milieu d'elles,
Tel, qu'un cèdre orgueilleux qui, du sommet des monts,
Domine sur la plaine et commande aux vallons ;
Tel, qu'on peignait jadis, dans une paix profonde,
Rome traçant les lois qu'elle donnait au monde.
Un corps droit, un front noble et tourné vers les cieux,
Une attitude fière, un port majestueux,
Les grâces, la beauté, la force, la souplesse,
L'audace dans ses traits unie à la noblesse,
Et l'éclair de ses yeux mêlé d'un feu divin,
Tout de la terre en lui montre le souverain.

Né libre, intelligent, c'est lui dont le génie
De ce grand univers découvre l'harmonie,
Ose prendre l'essor jusqu'au delà des cieux,
Divise, un prisme en main, cet astre radieux
Et ces corps enflammés qui roulent sur nos têtes,
Force les élémens, affronte les tempêtes,
D'un pôle à l'autre au loin fait entendre sa voix ;
C'est lui qui, se réglant sur d'équitables lois,
Respecte les vertus, les cultive et les aime.
   Ainsi tout nous démontre un artisan suprême.
Et le bras qui commande aux cieux, aux élémens,
Qui du vaste univers posa les fondemens,
N'est que le bras d'un Dieu sage, éternel, immense,
Moteur universel, unique intelligence,
Qui créa la nature et de ses grands ressorts
Suspendit l'équilibre et soutient les accords.

LA MORT.

Entends-tu dans les airs la cloche qui résonne ?
Entends-tu quelquefois son timbre monotone,
Tombant et retombant en lugubres éclats,
D'un mortel, comme toi, t'annoncer le trépas ?
Homme, de ton néant contemple la poussière....
Ce bruit retentira pour ton heure dernière.
Alors tout t'avertit de ta fragilité,
Et les gémissemens de l'airain attristé,

Et le ministre saint, dont la voix sepulcrale
D'un cercueil lentement suit la pompe fatale
Jusqu'en ces tristes lieux où, parmi des tombeaux,
Avec la faulx du temps la mort croise sa faulx.
C'est là, sous les débris de ces cendres humaines,
Que, trouvant ou la suite ou la fin de tes peines,
La poussière des morts couvrira ton cercueil;
C'est là que vient tomber l'idole de l'orgueil.
    Méchans, sortez enfin de votre léthargie !
Voyez les faibles nœuds qui composent la vie :
De vos jours fugitifs le temps est limité;
Songez qu'après ce temps viendra l'éternité....

Neuphrasim et Maïlah.

Quel lamentable cri sort du fond d'Israël?
A ce peuple effrayé la voix de l'éternel
Des malheurs à venir prononcer la sentence?
Ils ont fermé leur cœur à la reconnaissance :
Et celui qui commande à l'aîle des autans,
Celui qui d'un pied sec traverse les torrens,
Que proclameut des cieux les sphères enflammées,
Le juge des ingrats, le grand Dieu des armées,
Du cruel Syrien presse les bataillons.
Une mer de soldats approche à gros bouillons :
L'orage augmente, roule, et près de se dissoudre,
Sur les murs de Sion il fait planer la foudre.

Le peuple consterné prie en vain le Seigneur,
Il est sourd cette fois; un barbare vainqueur
Traîne à son char d'airain leur liberté ravie.
  Neuphrasim dans le temple avait passé sa vie;
Neuphrasim était père : après soixante hivers,
Déjà les bras tendus vers un autre univers,
Il voyait dans son fils l'appui de sa vieillesse.
Mais, quand Dieu fait briller sa flamme vengeresse,
Que les vœux des mortels ont de fragilité!
Neuphrasim doit gémir dans la captivité.
La poudre sur son front remplace la tiare.
De son cher Maïlah l'étranger le sépare.
Le vieillard reconnaît les ordres de son Dieu,
A son fils, en pleurant, il dit un long adieu,
Et s'offre à ses bourreaux victime toute prête;
Mais son fils veut le suivre, il l'embrasse, il l'arrête,
Trois fois de ses tyrans implore la rigueur,
Et du sein paternel trois fois avec fureur
Leur parricide main le repousse et l'entraîne.
Leur inflexible cœur n'est ouvert qu'à la haine.
Cependant Neuphrasim à l'exil condamné,
Console, embrasse encor son fils infortuné,
Lui montre dans le ciel la palme du martyre,
S'éloigne lentement, se retourne et soupire.
  Depuis ce jour fatal, le front chargé de deuil,
Maïlah solitaire appelait le cercueil,
Et, souvent des tombeaux perçant les noirs décombres,
De l'avenir terrible il évoquait les ombres.
Un soir, morne et pensif, abreuvé de douleurs,
Au pied d'un sycomore, à genoux, l'œil en pleurs,

Il adressait à Dieu sa fervente prière,
Il implorait le ciel, il demandait son père ;
De son père captif le fantôme chéri
S'offrait dans le nuage à son œil attendri.
Mais, à peine l'aurore a blanchi la colline,
Il entend les accords d'une harpe divine,
Cette douce harmonie a fait battre son cœur :
Il reconnaît la voix des filles du Seigneur,
Il croit voir de Lévi la tribu fraternelle
Célébrer d'un grand jour la pompe solennelle.
Il ne s'est point trompé ; Dieu l'a voulu, soudain,
Des rives de l'Euphrate aux rives du Jourdain,
Le peuple d'Israël chante sa délivrance.
  Le fils de Neuphrasim au milieu d'eux s'élance :
Il s'écrie : ô mon père !... Il le cherche éperdu ;
Il parle, autour de lui les pleurs ont répondu.
Neuphrasim a vécu : sa stérile poussière
Couvre le sol mouvant d'une rive étrangère ;
Neuphrasim est aux cieux : mais l'ame de son fils
Va bientôt le rejoindre aux célestes lambris.
A ce coup imprévu sa tendresse succombe.
Il murmure ces mots : Dieu !... mon père !... et la tombe
Roule les sons mourans de l'hymne commencé.
Le parvis est muet, les accords ont cessé ;
Tout se tait, la mort seule entonne ses cantiques.
Les vierges de Sion emportent ces reliques,
Qu'une ame filiale habita vingt printems.
« J'ai vu l'homme sécher comme l'herbe des champs.
« Ses jours ont décliné tels qu'une ombre légère....
« Le fils s'est endormi du sommeil de son père ;

« Mais le ciel au bon fils offre un destin si beau !..;
« La vie est une éclipse et la mort un flambeau....
« Des offrandes du ciel couronnons la victime !.... »
   Ainsi chantait en chœur les vierges de Solyme :
Le nom de Neuphrasim, le nom de Maïlah
Montaient avec l'encens aux pieds de Jéhovah.

L'ORIGINE DU LIT.

   Du lit l'Amour est l'inventeur.
Un jour ce petit Dieu, fuyant une inhumaine,
   Triste, pensif et cachant mal sa peine,
   Le front couvert d'une vive rougeur,
     Marchait, troublé par la douleur,
    Sans suivre de route certaine.
    Ce fut auprès de l'Hippocrène
    Et dans les détours d'un vallon,
  Qu'il s'égara. La nuit vint ; comment faire ?
    Il faut dormir ; et Cupidon
De veiller au bel air ne se souciait guère.
Nécessité, dit-on, de l'esprit fut la mère :
   L'enfant gâté, d'ailleurs, n'en manquait pas.
Son carquois était plein : un trait, qu'il fiche en terre,
   S'élève en forme d'échalas ;
Il attache son arc à ce pieu redoutable ;
Puis, cessant d'être aveugle, il ôte son bandeau,
   Des deux côtés le déploie en rideau
Et fait de cet asile une tente agréable.

                        Regnait

Regnait la charmante saison
Par qui de fleurs la nature est semée :
Le flexible jasmin, la rose parfumée,
Et quelques touffes de gazon
Sont cueillis par l'Amour et lui servent de couche.
Ce Dieu n'est plus un Dieu farouche,
Ce n'est plus des humains le terrible ennemi :
L'Amour est désarmé ; l'Amour est endormi.
Les Muses dans ces lieux, au lever de l'aurore,
Venaient se rassembler. L'Amour dormait encore.
Du sexe on sait combien le babil est discret :
Admirant cet abri commode,
Les Muses au Parnasse en dirent le secret.
Depuis le lit fut à la mode.

MES ADIEUX AUX MUSES.

Adieu, bosquets de l'Hélicon,
Et rivages de Castalie ;
Adieu, langage d'Idalie,
Des dieux et du sacré vallon !
Adieu, tableaux pleins de magie ;
Jeux, que l'imagination
Créa pour amuser la vie,
Riante et vaine fiction,
Prestiges de l'illusion,
Et merveilles de l'harmonie !
Adieu, rêves de la folie,
Je vous quitte pour la raison.

B

La raison, sage souveraine
D'un état petit, mais heureux,
N'a pas d'une prude hautaine
L'air hypocrite et dédaigneux,
Ni l'art d'une coquette vaine,
Mais le sourire affectueux
D'une auguste et paisible reine.
De son empire sont proscrits,
Et la sottise journalière
De ces gens au demi-souris,
Et la grimace minaudière
De ces dames aux cœurs transis,
Et de Plutus la cour si fière,
Et les soupirans de Cypris;
La politique des ruelles,
Les lieux communs des plats écrits,
Et le sophisme des libelles,
Et le vernis des bagatelles,
Et le clinquant des beaux esprits.
Bien peu de soldats aguerris
Ont triomphé sous sa bannière,
Mais de ses rares favoris
Quelques-uns, d'un beau zèle épris,
Ont su marcher à sa lumière.
Oui, c'en est fait, à la raison
Mon ame entière s'abandonne:
Les fruits, que présente Pomone,
Valent bien ceux de la saison,
Dont Flore embellit la couronne.

Roseau par les vents emporté,
L'homme néglige ses affaires,
Pour courir après les chimères,
Jamais après la vérité.
L'esprit veut être illimité.

C'est à la gloire que j'aspire,
Mon nom consacré par ma lyre
Vivra dans la postérité ;
Et déjà tout mon cœur respire
Les feux de l'immortalité ;
Ainsi raisonne un pauvre sire,
Qui, sur un grabat étendu,
Loin du bon sens qu'il a perdu,
Ne sait que prôner et que dire
Les mots de gloire et de vertu ;
Qui vante son esprit frivole,
Qui boit l'oubli du temps présent
Et qui, du passé médisant,
De l'avenir fait son idole.
Il veut rimer, bon gré, mal gré ;
Il va, le front déjà paré
D'une couronne triomphale,
Faire entendre de nouveaux sons ;
Il veut rimer : la capitale
Va retentir de ses leçons.
Ainsi, bercé par l'espérance,
Victime de son inconstance,
Égaré dans de vains désirs,
Il traîne au milieu des loisirs
Le fardeau de son indolence.

Bizarre instinct, triste fureur,
Ridicule et funeste envie,
Démon de la métromanie,
Toi, que plus d'un esprit rimeur
Prend souvent, dans sa folle erreur,
Pour l'heureux germe du génie,
Mode du siècle, hydre du temps,
Quand pourront les honnêtes gens
Du sol français te voir bannie ?
Quand cesseras-tu d'allumer
Le contagieux incendie
Déjà prêt à tout consumer ?
A quoi sert qu'une muse obscure
Perde sa voix à publier
Des vers qui tombent en mesure,
Tout exprès pour nous ennuyer ?
Sorti des poudres de la classe,
Un Linière de quatorze ans
Cherche déjà sur le Parnasse
A supplanter les premiers rangs ;
Et veut que devant ses talens
Corneille lui cède la place.
Ne sauriez-vous, puissant Phébus,
Lancer un édit redoutable
Contre ses soi-disant élus,
Et de votre cour respectable
Bannir à jamais ces abus ?
Il n'est point de sot qui ne veuille
Arracher au moins une feuille
Du laurier qui croît sur l'Hémus.

L'un cherche un bonheur qu'il ignore,
Et le bonheur est près de lui ;
Il aime à mettre son appui
Et dans les *larmes de l'aurore* ,
Et dans *la fleur qui vient d'éclore* ,
Et dans un poëtique ennui.
Au gré de sa muse écloppée,
La nature est une poupée ,
Qui le matin paraît en noir ,
Le soir de blanc enveloppée ,
Et diversement occupée ,
Selon la manière de voir
Du beau peintre qui l'a drapée.

   L'autre , muni d'un richelet
Et d'un compas géométrique
Travaille , combine et.soumet
A l'esprit froid et méthodique
Un lourd et stérile sujet.

   D *** court à l'aventure :
Il va contempler la nature ,
Les yeux couverts d'un grand bandeau ;
Et, *par des routes inconnues* ,
Tantôt *errant sur un côteau* ,
Tantôt *égaré dans les nues* ,
Il suit les visions cornues
De son misérable cerveau.

   V *** dans mainte coterie
Colporte un calembour nouveau,
Plus un mélodrame en rouleau,
Plus un couplet qu'il psalmodie.

Chacun à l'envi se recrie ;
Mais V *** craint d'être flatté,
En s'excusant il balbutie ;
Pourtant, malgré l'humilité,
Comme un éloge mérité
Ne peut s'appeler flatterie,
V *** laisse la modestie,
Pour embrasser la vérité.

   M ***, rimeur impitoyable,
M *** parasite et bouffon,
Pour amuser un harpagon,
Occupe les coins de sa table.
Être bien plat dans ses propos,
Louer beaucoup, très-peu se taire,
Toujours s'étudier à plaire,
Et sur le nombre des morceaux
Calculer les vers qu'il doit faire,
Voilà son rôle en quatre mots.

   Ainsi chaque esprit à sa muse,
Qui l'inspire tant bien que mal.
On change en un métier banal
Un agrément dont on abuse ;
Et plus d'un moderne umbriel, (1)
Poétereau superficiel,
Voudrait sur la double colline
Cueillir un laurier immortel :
Tout Pradon se croit un Racine,
Tout rimailleur brigue un autel.

---

(1) Personnage de *la boucle de cheveux enlevée*, de Pope.

Ah ! si le fameux satyrique
Renaissait à l'azur des cieux,
Combien de vices odieux,
Combien de sujets de critique
Notre siècle offrirait aux yeux
De sa muse ardente et caustique !
Il verrait les beaux arts perclus,
Et la sottise en étalage
Fouler le mérite reclus,
La grande vogue des rébus,
La décadence du langage,
Le romanesque des vertus ;
Et l'impromptu des renommées,
Les Zoïles et les Pygmées
D'éclat et d'honneurs revêtus.

Aussi dans les champs de la gloire
Qu'on fait de pas infructueux !
Adieu, donc, filles de mémoire,
J'abjure votre art périlleux.
Mais je respecte le génie
De ces poëtes demi-dieux,
De ces enfans de l'harmonie,
Qui, dans vos palais radieux,
Lèvent un front victorieux
De la cabale et de l'envie.

On peut, en simple passager,
Se permettre de voyager
Sur la nacelle d'Hippocrène ;
Toutefois, encore étranger,

Il faut de son onde incertaine
Connaître et craindre le danger,
Éviter plus d'une syrène,
Et des écueils se dégager.
Du Parnasse atteindre le faîte,
N'est pas d'un vulgaire ignorant,
Mais de l'unique et vrai poëte
Le privilège et le garant.
Ce n'est qu'aux maîtres de la lyre
Qu'Apollon montre son empire ;
Les sentiers leur en sont ouverts,
Et, brillans cygnes du Permesse,
Ils vont y puiser cette ivresse,
Qui fait le charme des beaux vers.

www.ingramcontent.com/pod-product-compliance
Lightning Source LLC
Chambersburg PA
CBHW061746180626
46818CB00006B/2772